KB248324

저 방 안에

소년을 두고 가지 마세요

저 방 안에
소년을 두고 가지 마세요

초판 1쇄 인쇄일 2025년 12월 18일
초판 1쇄 발행일 2025년 12월 25일

지은이 김지후
펴낸이 양옥매
디자인 송다희 표지혜
교　정 정혜성
마케팅 송용호

펴낸곳 도서출판 책과나무
출판등록 제2012-000376
주소 서울특별시 마포구 방울내로 79 이노빌딩 302호
대표전화 02.372.1537　**팩스** 02.372.1538
이메일 booknamu2007@naver.com
홈페이지 www.booknamu.com
ISBN 979-11-6752-718-9 (03810)

저 방 안에

소년을
두고 가지
마세요

김지후 시집

책과나무

시인의 말

이 책에 실린 문장들은
모두 한 시절을 건너기 위해 붙잡고 노력했던 기록들입니다.
잃어버릴까 두려워, 순간을 기록하며
놓치지 않으려고, 건너뛰지 않으려고
자꾸만 들여다본 제 용기입니다.

부끄러운 제 이야기가
당신의 마음 어딘가와 맞닿는 순간이 있었다면,
단 한 글자라도 당신에 대입해 생각해 볼 수 있었다면,
앞으로 나아가야 할 수많은 날들 앞에,
스스로를 들여다보는 시간이 되었다면
저는 활짝 웃으며 기뻐할 것 같습니다.

당신들의 앞날을 진심으로 축복합니다.

2025년 겨울 초입
김지후

차례

1부

사랑으로 성장시켜 준 사람

2부

다 봐야 하는구나

3부

마음이 걷는 날들

4부

나로 살아 봐야 돼

1부

사랑으로 성장시켜 준 사람

저 방 안에 소년을 두고 가지 마세요

한 소년이 있었습니다.
시간에, 환경에, 사람에, 그리고 사랑에……
그는 조용히 상처받았고, 점점 깊은 곳으로 혼자 들어가
방문을 걸어 잠그고 숨었습니다.
시간이 지나 소년은 자신이 잠근 방 안에 갇혔고
나오는 방법을 몰랐습니다.

어느 날 한 소녀가 그 방 앞에 서 있었습니다.

소녀는 외면하지 않았습니다.
방 안으로 들어와
소년의 손을 잡아 주었고, 꺼내 주었고, 지켜 주었고,
소년이 소년으로 남을 수 있도록 보존해 주었습니다.

그렇게 소년은 방 안에서 나올 수 있었고
자신을 마주했습니다.
그리고 알게 되었습니다.

자신이 얼마나 근사한 존재인지를, 멋진 존재인지를.

누구에게나 마음속 깊은 곳에
조용히 웅크린 소년이 있습니다.

그를 마주한다면
부디, 저 방 안에 있는 소년을 혼자 두고 가지 마세요.

무궁화꽃이 피었습니다

게임 같다.

경계하며,
조심스럽게 다가간다.

모든 경계가
자연스레 풀린다.

'척'이라는 단어는 사라지고

그저,
있는 그대로의 나로
네 앞에 설 수 있다.

네가 전해 준 사랑은
나의 어떤 모습도
사랑받을 수 있다는

확신을 함께 건넨다.

그 앞에서,
나는 처음으로
나로 설 수 있었다.

그림자

어두운 마음
비췄더니
그림자가 생겼는데,

이것마저 밝힌
투명한 마음엔

생길 리 없지,
그림자가.

들리는 소리

사랑은
나를 향해 걷는 누군가의 발소리를 느끼는 것.

혼자 소리를 내야 한다면,
그건 혼자 걷는 것.

나의 아픔을
함께 느낄 준비가 된 사람은
나의 곁에 남으려는 사람.

어떠한 대답도 진심이다.
진심은 강요할 수 없다.
들을 용기만 있으면 된다.

무지개

조건 없이 주는
하얀색 사랑으로
또 다른 내 색을 찾아낸다.

어떤 색도
품을 수 있구나.

내가 가진 색깔을
모두 내어 준다.

나를 덧칠한다.
난 이 색이 마음에 든다.

마법의 단어

선물을 할 때보다
맛있는 걸 먹을 때보다
그 한마디에 방긋 웃어 보이는데

얼마나 감사해.
얼마나 가성비 넘치는 단어야.

돈이 드는 것도 아니고,
시간이 오래 걸리는 것도 아닌데.

괜히 무게를 생각하고
진심을 계산하고
쓸데없는 고민이
그 말을 꺼낼 타이밍을 놓치게 두지 마.

사랑해.

강수확률

강수확률 50%
부끄러운 눈 아래엔,
비가 아닌 눈이 내린다.

강수확률 100%
마주 보는 눈 아래엔,
눈이 아닌 비가 내렸다.

그 비에 젖은 그날,
처음으로 마음을 씻는다.

소리를 넘어

내 말을
소리로만 듣지 않았다.

의미를
들여다봐 주었다.

머뭇거림이 만든
부족한 말조차

완벽하게
이해해 주었다.

내 마음속
작은 목소리를
들어 줄 수 있는 사람.

우리만의 언어로 대화했다.

얼음땡

얼음.

감흥 없어.
미동도 없네.

추위에
마음도 얼어 간다.

얼음 끝에 닿은 손길

따뜻한 온기가
내 모든 겨울을 녹인다.

땡.

엑스레이

너무 가까이 보인
부족한 모습에

사실이 아닌 화로
그 위를 덮었는데

질투로 가린 상처마저
사랑으로 안았다.

걷는 사람

삶이라는 길.

지도도, 내비게이션도 없는
처음 걷는 알 수 없는 길.

알 수 없는 길은 언제나 두렵다.

잘못 내디딘 한 걸음이
걸음을 멈출까,
그런 길을 혼자 걷는 건
더 두렵다.

어느 날, 함께 걷는 길.
서로 의지하며 걸어간다.
여전히 두렵지만,
함께 걸을 수 있는 길.

근데

'여기까지.

여기서부터는

너, 다시 혼자 걸어가야 해.'

걸음이 느려진다.

걸음이 멈춘다.

멈춰 섰다.

……

다시 걷는다.

몇 걸음이 필요해?

떠나는 사람은
그날이 이별이지만

남겨진 사람은
받아들이는 날까지
계속 이별한다.

이별은
사랑의 끝이 아니다.

이별의 과정을 걷는 동안에도
여전히
사랑 안에서 걷고 있다.

사랑의 끝은
과정을 넘어서야 마주한다.

그래서
마지막 순간까지
알 수 없는 끝을 향해
최선을 다해 걸어야 한다.

반드시 지켜 줘야 한다.
함께 만든 사랑을.

되새김질

많은 걸 받았다. 배웠다.

깊이에 주저함이 없었다.
서로 준비된 깊이의 밀도는 진하다.

나를 만들어 준 건,
형이야.

되새긴다.
되새기며 한 걸음.

걸음엔 고마움이 담겨 있다.
고마움에 대한
책임감도 담겨 있다.
최선을 다해야 해.

그림자에 갇혀서는 안 됩니다.

거울엔 여유가 필요해.

이해일 때,

시작됩니다.

소리가 사라진 날

얼굴이 보고 싶을 땐,
사진이.

냄새가 그리울 땐,
같은 향기가.

추억이 떠오를 땐,
장소와 물건이.

목소리가 듣고 싶을 땐?

그런데
목소리가
기억나지 않는 날에 도착했을 때는

아,
소리가 제일 크구나.

성 Castle

함께 쌓는 성.

하나는 정성을 쌓고
반대는 희소성을 쌓았으니
그 성은 무너질 수밖에.

무너진 성에
꽃을 두고 간다.

그 위로
다른 성 쌓지 못하게.

편지

나는 너랑 처음 이별한 순간부터
단 한 순간, 너를 비워 내려고 생각한 적 없어.
비워 낼 이유가 없었어.

내겐 너무 감사하고, 예쁘고, 소중한 기억인데
너랑 함께한 모든 순간이 너무나도 소중하기에
간직하고 싶었어.

그래서 난 이별이라는 현실을 받아들이는 데 시간이 걸렸어.
헤어진 순간부터가 아니라.

그래서 우선 내가 중심이 잘 서야 했어.
이 이별을 받아들이기 위해서는.

말했듯이, 나는 간직하고 싶었고
그래서 정말 정직하게 들여다보고

느껴야 할 것들을
다 느껴야 한다고 생각했고,

내가 아프지 않기 위해
혹시라도 작은 사실 하나 왜곡하게 될까 봐
매 순간 신중하게 들여다보고,
충분하게 느끼고,
그걸 이겨 내고,
끝내 모두 끌어안고 가고 싶었어.

그래서 난
내 지난 4개월이
정말 말로 할 수 없이
너무 아픈 시간이었어.

그리고 지금도
과정 속이야, 난.

평생 기억에 남을 거야.
남기고 싶고.
너한테 사랑을 배웠으니까, 난.

너와 함께한 시간에 대한 의심은 없었으면 좋겠어.
정말, 현재까지 내 삶 안에서
넌 나에게 가장 깊고 진한 관계였어.

내가
내 속도대로
천천히 여기를 잘 넘어가 보겠다고 했던 말, 기억해?

이제 나는
지금의 나와
미래의 나 사이에
다리를 놓았어.

건너기로 마음먹었고,
첫발을 내디뎠어.

응원해 줬으면 좋겠어.

마지막으로
난 너에게

너무 많은 것들을 받았어,
배웠고.

내 다음 걸음은
나의 노력도 있지만
네가 함께 만들어 준 거라고 생각해.

그래서 그 걸음엔
너에 대한 고마움도 함께 담겨 있고,
그 고마움에 대한 책임감도 담겨 있고,
최선을 다해야 한다고 생각해.
너와 함께한 순간이 소중했기 때문이야.

평생 너에 대한 것들을 안고 살아갈 거야.
아프겠지만
좋은 것들이 너무 많아서 가져가고 싶어.

나도 정말 많이 사랑했어.
너와의 시간이
아무것도 아니었다는 오해는
하지 않았으면 좋겠어.

너무 감사하고, 소중하고, 행복한 기억들이고
그래서 너무 아팠고
그 아픔은 지속될 거야.
시간이 흘러
크기는 줄어 가겠지.

하지만
너와 함께한 모든 순간이
너였기에 가능했다고 생각해.

항상 언제나 응원해.
진심이야.

많이 미안하고,
많이 고마웠어.

너도 너답게
너의 속도로
잘 나아가길 바라.

편지 2

진심으로 응원해.
힘들겠지만
너답게 잘 나아가길 바라.

인연이 된다면
언젠가 또다시
운명처럼 만나게 되는 순간이
반드시 올 거라고 믿어.

그 타이밍이 온다면,
난 그때도
망설임 없이 먼저 다가갈게.

나도 정말,
정말 정말 많이 사랑했어.

말로 표현하기 힘든

'사랑'이라는 단어의 그 무언가를,

그 느낌을-
내게 알려 줘서
너무너무 고마워.
넌 정말 멋진 사람이야.

사랑해.

마지막으로 한 번,
뱉어 봐.

난 이별까지가
우리 사랑의 끝이라는 생각으로
우리 사랑을 잘 매듭짓기 위해

끝을 향해서
최선을 다해서
아픔에 지지 않고
외면하지 않고
이기면서 걸어 나갈게.

너도
아파도 꼭 이겨 줘.
절대 무너지지 말아 줘.

우리 사랑을
꼭 지켜 줘.

젊은 아빠

가정을 이루는 것
어땠을까.

사랑하는 사람과
가족이 된다는 게

가정을 만든다는 게
아무나
아무 때나
아무렇게나
하고 싶다고 할 수 있는 게 아닌 건데.

의미를 알았다면, 난
젊은 아빠가
꿈이었겠네.

소년
—남자

가족을 만드는 길에
나는 남자답지 못했다.

똑같지는 않지만
어쩌면 비슷한 상황에서
같은 두려움을 느꼈겠지.

누군가는 책임지는 걸 선택했는데
책임져야 할 것들이 많아지는 길을
용감하게 걸어 나갔는데

두려움이 앞서
용감하지 못했네.

소년—남자
그래서 가족을 만들지 못했구나.

당연하네.

2부

다 봐야 하는구나

없어지지 않는 것

고민이 필요 없네.
내 안에 남아 있는 거잖아.

없어지지 않는 건데

원한다면
언제든 나올 수 있고

꺼낼 수 있는 건데
그냥, 안에 두는 건데

난 왜 이런 걸 고민했지.

스스로 갇힌 방

우리의 시간이 담긴 방.
나는 그 방을 나갈 수 없었다.
아니, 나가는 법을 모른다.

그 안에는
실패가 가득했고
후회가 가득했다.

그걸 다 안고
나가고 싶었다.

문이 너무 작다.
아무것도 내려놓지 못한 채
나는 나가는 방법을 모른다.

숨바꼭질

담을 것들을 찾는다.
어딘가에 있는 느낌.
찾을 수 있을 것 같았다.

아무리 찾아도 찾을 수 없었다.
나 혼자 숨바꼭질을 하고 있다.

그 방은 이미 가득 차 있다.
무언가가 더 들어올 틈이 없다.

비워 내야
새로운 것을 담을 수 있는 건데.

되감기

고통스럽다.
건너서 가야 한다.
건너뛰었다.

미끄러졌다.

숨을 깊게 마시고
처음부터 다시 간다.

다녀왔습니다

집이 버거웠다.
나만의 공간인데
공간이 주는 느낌이 버거웠다.

버거운 느낌을 피해
나는 도망쳤다.

도망이 쌓였고
어느덧 집에 안 간 지
한 달이 되었다.

내일은
집에 가야 하는데.

음 소거

비밀이 생긴다.

아무렇지 않은 척
말들을 삼킨다.

솔직함을 계산한다.

신중함이
입을 무겁게 한다.
무거움이
침묵을 만든다.

고르고, 또 골랐다.

주변엔
믿음이 부족하다.

갤러리 속에 나만 움직이네

갤러리,
핸드폰 갤러리.

집이 갤러리다.
동네가 갤러리다.

버튼만 누르면 재생되는
동영상과 사진이 가득하다.

멈춰 있는 갤러리 속

혼자 움직이는 나는
오늘도 도망쳤다.

퍼즐

모양은
내가 정했다.
그 모양에 맞추려고
애썼다.

내가 생각한
'좋은 사람'의 형태에

맞춰 가려고
나를 깎고, 다듬었다.

상대에게 묻지 않았다.

그저,
원하는 걸
해 주는 사람이
상대에게는
좋은 사람인 건데.

시선

오늘은
왠지 밖에서 밥을 먹고 싶었다.
곁들이며 술도 한잔하고 싶었다.

함께 먹을 사람은 없었다.
이 동네엔 나 혼자.

걸음이 고민한다.
한 바퀴, 두 바퀴, 세 바퀴.
골목 구석구석, 새로운 것들이 보인다.

어딜 봐도 망설여진다.
혼자 술을 마시기에 적합한 장소는
보이지 않는다.
집으로 돌아갔다.

술 한잔하고 싶은 오늘이

나를 다시 밖으로 내보낸다.

그냥,
그냥 집 앞 술집으로 들어갔다.

소리를 채우는 소리,
수다 소리,
음악 소리.

마주 보는 시선들.
내게 향하지 않는 시선들.

……

별거 아니었네.

미소 짓네

행복하다고 생각할 때
다른 감정이 찾아온다.

설렘인가?
이건 설렘이 아니다.

거울로 상태 확인.
표정엔 소나기.

위로가 필요하다.

입은 미소로
위로를 건넨다.

그 미소는, 진심이 아니다.

눈물

장례식장.
아는 얼굴들과 표정들.
처음 느낀 공기.
무게가 공간을 함께 누른다.

단 2분도 안 되는
수십 년의 삶을 배웅하는 시간.

근데, 눈물의 이유도 생각해 봐야지.

영원한 이별 앞에
사라진 '다음'.

결국, 내 뜻대로 되지 않는 거잖아.
그래서 슬픈 거지.

아주 어릴 때부터 기억하는
이기적인, 순수한 마음의 반응.

네 느낌 이런 거였나

변한 건 없어.
변한 건 나야.

존재가 당연해졌으니까.

달랐던 거지.
네 느낌, 상처였을까.

그럼 아파 봐야지.
알고 가야지.

다른 웃음이 서 있겠지

나를
웃게 만드는

밝은 얼굴의 미소.
다시 볼 수 없는 미소.

이제 그 미소는, 내 것이 아니야.

너의 미소 앞엔

내 웃음이 아닌,
다른 웃음이 서 있겠지.

내가 할 수 있는 것

"내가 해 줄 수 있는 건, 최선을 다해 사랑해 주는 것 뿐이야."

친구가 내게 해 준 말이었다.
듣자마자 마음속에 깊이 박혔다.
며칠이고 머리에서 떠나지 않았다.

말의 무게를 곱씹게 만들었고
나를 계속 생각하게 했다.

정말 멋진 말이다.
지금의 나,
내가 처한 상황과 조건,
내가 줄 수 있는 것과 줄 수 없는 것들을
아주 정확히 짚어 주는 말.
그리고 인정할 수 있어야만
받아들일 수 있는 말.

나와 친구는 비슷한 환경 속에 있었다.
사랑하는 사람에게
누구보다 가장 좋은 걸 먹이고
가장 좋은 곳에 데려가고
근사한 선물을 할 수 있는 상황은 아니었다.

하지만
그 누구보다 확실하게
내가 더 잘할 수 있는 건 있었다.

세상 누구보다도,
진심을 다해 사랑할 수 있다는 것.
내가 할 수 있는 건 하는 것.
지금 이 자리에서
할 수 있는 모든 마음을 쏟는 것.

그리고
솔직한 욕심 하나를 더 보태자면-
그 사람의 기억 속에
'나를 가장 사랑해 준 사람'으로 남고 싶다.

그것이면, 충분하다.

옹알이

친구와 이별에 대해 이야기하다가,
무심코 '트라우마'라는 단어를 꺼냈다.

그때, 친구가 내 말을 딱 끊고 말했다.
"아니, 난 그런 부정적인 단어로 이 관계를 표현하고 싶지 않아."

나는 반성했다.
나 또한 우리의 관계를 그렇게 표현하고 싶지 않았다.

돌아보면, 내게도 정말 감사하고,
행복하고,
소중한 기억들로 가득한 시간이었다.

관계를 표현하는 단어 하나에도
나를 더 좋은 방향으로 이끌어 주는 사람들이
내 곁에 있다.

혼자서 할 수 있는 일이 없다.

배우는 중이야

네가 내게 준 것들, 알려 준 것들.
내가 받은 만큼, 느낀 만큼
나눠 주고 싶은데, 나도 알려 주고 싶은데.

어떻게 했던 거야?
정말 쉽지 않구나.

내가 나로 주는 걸까,
아님 내가 네가 되어야 할까.

그러다 또 한 번 느꼈어.
아, 오직 너라서 가능했던 거구나.

정말 고맙구나.
정말 좋았구나.

문신

"시간이 해결해 줄 거야."
"사람은 새로운 사람으로 잊는 거야."

근데
그건 내 방식 아니라서.

잊고 지우는 대신,
하나씩 곱씹어 기억하기로.

가져가야 할 게 많아서.
아프지만
감사한 순간들이 많아서.

이 흔적을 문신한다.

그건 잊혀질 게 아니라
앞으로의 나를 이뤄야 하는 일부니까.

보이지 않는 것들

우리의 관계도
보이지 않는 그 무언가로 연결되어 있었고

끝엔
서로의 선택을
그 길을 존중해 줄 수 있고,
서로를 멀리서
응원하고 있다는 것만으로
큰 힘이 되는데,

그 따뜻한 마음마저
보이지 않는 그 무언가로
전달되고 있으니.

그럼 우리 이별은
영원한 단절이 아니다.

보이지 않아도

우린 맞닿아 있다.

Figure

어느 날
피규어를 좋아하게 됐다.
바라보며
그 안에 마음을 쏟는다.

그러다
정말 좋아하는 피규어를 찾았다.
한눈에 알아봤다.

그냥 피규어가 아니야.
곁에 두고 싶다.
바라보고 싶다.

12월 17일,
가장 아끼는 피규어를 잃어버린 날.

누가 훔쳐 간 것도

싫증 난 것도 아니다.
잃는지 모르게 잃었다.

피규어가 놓였던 자리를 바라본다.

사라진 자리 위

다른 피규어는
놓지 않는다.

다리

미래의 나와 지금의 나 사이에
다리를 놓았다.
그리고, 그 다리를 건너왔다.

아픔을 지나왔고
그 안의 의미도 알게 되었고
책임질 줄도 알게 되었다.

고통 속에서 자란 태도.
끝나지 않은 이야기.

지금은
그때와는 다른 시간 위에 서 있다.

이제야–
시간이 해 주는 거다.

3부

마음이 걷는 날들

향수병

스무 살,
처음 맡은 서울의 향.
진했다, 겨울 냄새.

낯선 도시에 혼자는
내 선택.

모르는 길.
모르는 사람.

말 걸어 줘야
소리 낼 수 있지.

소리가 사라진 3개월에
귀향 맡으려고
발길 되돌릴 뻔했었는데.

숨 한 번 쉬니까

향, 다 빠져 있네.

0603

제주의 밤바다를 바라보며

혼자서도

사색을

즐겨 보자.

달

어둠을, 어둠으로만 두지 않는다.
눈이 부셔 찡그려지지 않게
적절하게 빛난다.

숙여진 고개를 들어 올린다.
변화할 줄 안다.

오늘은
구름이 달을 가리네.

다시, 달이 웃는다.
여전히 달을 본다.

여행이 가고 싶다

여행이 가고 싶다.
아무런 부담 없이
해야 하는 것 없이
그냥 가서
여유와 함께 자연을 느끼고 싶다.

바다도 보고
하늘도 보고
나무도 보고
밤엔 달을 보고 싶다.

이사

내일이면, 이 집을 떠난다.

7년 담은 동네도
이제 내 뒤에.

결국
건너지잖아.

새 동네, 새 공기.
받을 준비 돼 있어, 난.

새 느낌으로 가득 채워 줘.

환기

눈을 감고
숨을 깊게 들이마신다.

마신 공기가
심호흡인지
한숨인지.

공기를 바꿔야겠네.
흐름을 바꿀 때가 됐다.

새 공기가, 필요해.

흰 걸음 검은 길

기분이 좋지 않아
새 신발을 샀다.

어둡게 탄 때를
하얗게 바꿨다.

새 신을 신고
익숙한 거리 위
흰 걸음을 남긴다.

불멍

크고 두꺼운 장작 나무는
불이 붙기까지 긴 시간이 걸린다.

하지만 한번 붙으면
오랜 시간
뜨겁게
그리고 꾸준히 탄다.

낙엽이나 작은 나뭇가지들은
빠르게 불이 붙고
빠르게 탄다.

하지만 금방 꺼지고
잔 힘도 남지 않는다.

불이 아직 안 붙은 거지.

붙으면

오래도록

뜨겁게 탈 거다.

나는

크고 두꺼운 장작 나무다.

자전거를 타면서

나는 밤에 자전거 타는 걸 좋아한다.
덥지 않은, 시원한 바람이 부는 시간.

내가 살아가는 곳을 바라보며
사람들도 구경하고,
건물들, 그리고 밤이 주는 야경도 느낀다.
그냥 바람을 맞으며
듣고 싶은 음악을 들으며
자전거를 타면
잠시나마 힐링이 된다.

한번은 문득
'내가 여태까지 살아온 모든 동네를 거꾸로 되돌아가 보자!'라는 생각이 들었다.

갑자기 자전거를 타고 출발한 그 밤
많은 생각을 했다.

오르막길은

무리해서 지나가려 하면

금방 지치게 된다.

절대, 내리막보다 빠르게 갈 수 없다.

내리막길엔

속도가 줄지 않는다.

내가 조절해야 한다.

사람들이 잘 다니지 않는 길은

험하다.

대신

나만의 길 같다.

소리도 지를 수 있고

내 마음대로 갈 수 있다.

거리는

기억을 담고 있다.

수많은 오르막과 내리막들이

몇 번이나 나를 포기하고 싶게 만들었지만

난 끝내 참고
목표를 달성했다.

그리고
내 속도로 완주해 냈다.

두 번째 농사

또, 가진 게
바닥났구나.

아, 이거 그거네.
농사네.

다시 심어야지,
거두는 건 미래에.

첫 농사로 배웠지.
이번엔 아는데

실행으로
갈 수 없는
계획들이 쌓이는 건

여전히, 어렵네.

버퍼링

느리다.
멈춰 가는 초침.

다 봐야 한다.
정지된 장면 앞에
눈을 감지 않는다.

잠시 쉬었다 갈까.
언젠가, 여길 지나면
제 속도로 돌아갈 거야.

끝까지 본 시간이
속도를 바꿨다.

표정의 말

아무것도
느껴지지 않네.

이런 건
그냥 미소 지어 이제.
표정 달라지게.

내 기분 모르지.
뭘, 놓고 왔는데.

아직

어린 내 눈은
퇴근하신 아버지 손에 들린
먹을 것만 바라봤고,

지금은
그 의미를 생각해 본다.

근데
그 손에 쥔 무게는
아직
알 수가 없네.

치우지 못한 길

무지개 아래
바다가 보이는 길.
혼자서
처음 걸어본다.

하나도 안 새로워.

새로운 척,
다시 걸어본다.

길 위엔
지키지 못한 약속들이
떨어져 있다.

줍지 못해서
지나쳐 간다.

문자: 13분 뒤에 눈이 내리기 시작합니다

13분 뒤에
눈이 내리기 시작합니다.

그래
거긴 비가 내리던 곳이야.
주위는 추워졌고,

그 추위는
비를
눈으로 바꿨네.

어디쯤인가

아, 이거 아닌데.

뭔가……

뒤로 걷는 느낌인데,
같은 거리인 느낌인데…….

허수아비

여기는
실수는 안 돼.

감시하는
수많은 눈.

한 번의 잘못은
허수아비를 세운다.

익명은
팀을 만든다.
침묵은, 조용히 조준한다.

누구도
화살을 막아 주지 않습니다.

나도
허수아비가 될 수 있습니다.

연습

머릿속의 생각을
글자로 정리해야 한다.

머릿속에 있는 감정들을
글자로 풀어서
정리할 수 있어야 한다.

생각을 글로 정리하는 연습.
생각을 글로 정리하는 연습.
생각을 글로 정리하는 연습.
생각을 글로 정리하는 연습.
생각을 글로 정리하는 연습.

6월의 제주

3일 뒤, 난 제주도로 간다.
제주의 기억이 나를 불렀다.

불러 주길 기다렸니?
6월이야.

서울로부터 가장 멀리 갈 수 있는 곳.
매년 6월, 제주로.
이제 3년째.
지금부터 루틴이야.

4일 동안-
혼자 고민도 좀 하고
생각을 글로 남기고
하늘을 날고
땅을 걷고
바다를 담고

수영도 좀 하고.

……

이야, 낭만 있네.

80

아, 어렵다.
이런 걱정에
이런 고민에
나를 놓지 말자.

어차피
지나고 보면
우스울 텐데.

8년 갈아 써도
아무 의미 없을
내 80챕터같이.

4부

나로 살아 봐야 돼

피터 팬

— 어른이 되기를 거부한, 자라지 않는 소년

어른이 된다는 건
소년의 모습을 잃는 거라고 생각했다.

하지만
혼자가 아닌
소년과 함께
네버랜드를 떠날 수 있는 것.

팅커 벨은 없지만
소년을 품고 살아가는 것.

그게 나를 향한
첫걸음이다.

그냥 진짜 나

그냥
나라는 사람 자체를
솔직하게 보여 주자.

누군가를 따라 하거나
멋있어 보이려고 애쓰지 말고.

그냥
진짜 나.

나는,

나는 내 아름다움을 간직하고 사랑해야 한다.

나는 미워한 것을 사랑해 봐야 한다.
나는 사랑한 것을 미워해 봐야 한다.
나는 아끼는 것을 포기해 봐야 한다.

나는 내 자신을 버릴 수 있어야 한다.

나는 감정을 약속하지 않는다.

입에는 경험이

내 존재가 완전히 열린 상태,
소년을 꺼내 줬고, 지켜 줬고, 보존해 줬다.
입에는, 경험이 담겼다.

가장 믿을 수 있는 상태,
신뢰.
그 위에 나로 서 봤다.

받는 걸 넘어
더 나아지는 경험.
나는 나를
너무 잘 알게 됐다.
깊이는, 여전히 내 안에 있다.

내 거울 같았던 사람
기억으로만 두지 않겠다는 다짐
절대 잊지 말라고,

기록해 버려.

결국, 이 모든 건 축복.

언젠가
같은 거리에서 맞닿는다면
그건 타이밍.

Cut, Ok

부족한 게 많아서
채워야 했다.

좋은 걸 보면
따라 연기했다.

사람들이
연기를 칭찬한다.

그건 내 것이 아닙니다.

아니야.
그것도 너야.
네 걸로 만들었잖아.

고민이 쌓인다.

이제 나다.

거울

눈을 감고
보고 싶은 걸 생각한다.

눈을 뜨고
거울을 바라본다.

다른 내가 서 있다.
받은 것들이 보이지 않는다.

내가 누구인지
생각한다.

눈을 감고
봐야 하는 걸 생각한다.

또다시 눈을 뜨면
제대로 마주 본다.

순수

꿈을 좇는 마음=순수
'언젠가 이루어질 거야' 라는 순수한 마음.

순수가 놓치게 한 사랑도
추위에 눈 내린 몇 번의 겨울도
아픔은 없던 걸로 나아가야만 했던 날들도
언젠가 돈이 치유해 주길,
내 순수함까지.

내 순수가 한 선택이 미워지지 않게.

소년아

소년아
꿈을 꾸어라, 그리고 꿈을 좇아라.

대신 대가를 지불해야 한단다.
그건 많이 아파, 근데 절대 지지 마.

누구든 너의 균형을 흔들고 무너뜨리려 든다면
한치의 망설임 없이 관계 속을 걸어 나와라.

네 순수마저 죽이지 마.

목적지가 어딘가요

경주를 시작하고
경쟁을 시작한다.

달려가는 누군가를 보며
자신을 자책하고
무너진다.

천천히 가.
자기 페이스를 지키며
자기 속도로 가.

멈추지만 않으면
결국
목적지에서 만나.

나를 웃게 하는 것

진짜 웃긴 거.

친구들의 미소
가족들의 미소
사랑하는 사람의 미소.

아……
또 뭐가 있더라.

나의 미소.

1월

여기는 추워.
차가운 공기
냄새가 주는 기분을 기억한다.
익숙함이라 다행이다.

아낌없이 주는 나무는
모든 걸 잃고, 죽을 것같이 생겼다.

아무 말 없이 버틴다.
그렇게 겨울을 견딘다.
같은 자리에서 묵묵히 이겨 낸다.

죽을 것 같던 나무엔
어느새 잎이 가득하다.
결국 겨울을 이겨 냈다.
겨울을 넘어섰다.

전력 질주

문득
두려움이 찾아온다.

길 끝엔 아픔일까,
느려지려 하네.

이런 계산은
필요 없어졌다.

남겨 봤고
그 의미를 안다, 이제.

그럼 난, 전력 질주.

헨젤과 그레텔

묶여 있다면
미련.
발판이 된다면
후회.

후회만 쌓고
그 위를 오른다.

저 아래
과거가 희미해질 때까지.

과자는 안 챙겼어.
돌아가는 길 모르게.

대인배

입에서 나오는 건
진심이 아니다.

걱정엔
눈을 봐야 한다.

용서엔
용기가 필요하다.

그리고
용기는 박수받아야지,

마땅히.

메아리

끝엔
말을 삼킨다.

침묵을 남기고 간다.

소리의
의미를 생각해 봐야 해.

마지막 약속

기준이
너무 멋있었고, 난 좋았어.
좋다고 생각하면 다 받아들이려는 것도
솔직담백한 것도
뒤끝 없는 것도
할 수 있는 건 꼭 해 주는 것도
너 자신을 아끼고
가족을 사랑한 것도.
네가 말한 그 멋의 기준을
잘 지키며 살아가 줘.

고마워.
난 너를 믿어.

네가 만들어 준 나를
그 어떤 것도
그 누구도
바꾸게 두지 않을게.

아버지께

내가 아주 어린 시절, 3살 때인지 5살 때인지 정확한 나이는 기억나지 않는다. 아버지가 아프셨다고 한다. 내가 기억하는 장면은 단 하나뿐이다. 병실에 누워 계시던 아버지의 모습, 그리고 갓 태어난 동생을 등에 업고 간호하시던 어머니, 그리고 그 모습을 아무런 생각 없이, 어떤 상황인지조차 인지하지 못한 채 바라보고 있던 나.

아버지는 동생이 갓 태어났을 무렵, 뇌출혈로 쓰러지셨다고 한다. 지금 살아 계신 건 정말 기적이었다. 당시 의사는 어머니께, 설령 살아도 평생 병원에 누워 살아야 할 것 같다고 말했다고 한다. 하긴, 그때 어머니가 직접 병 수발을 들며 아버지의 대소변까지 받아 내셨다고 하니까. 어머니도 분명 겁이 나고 두려웠을 것이다. 아이 둘을 막 낳은 상황에서, '앞으로 이 아이들을 내가 혼자 책임질 수 있을까.'라는 생각을 하셨다고 한다.

하지만 다행히도, 아버지는 정말 기적적으로 회복하셨

고 덕분에 내 어린 시절은 아버지의 빈자리를 크게 느끼지 않으며 자랄 수 있었다. 내 기억 속 아버지의 빈자리는 오직, 그 병실에서의 한 장면뿐이다.

난 우리 집이 어릴 때부터 남들과는 조금 다르다고 느꼈다. 어린 시절, 아버지와 놀아 본 기억이 없다. 아버지는 평일엔 회사를 다니셨고, 주말이면 항상 등산을 가시거나 낚시를 하러 다니셨다. 물론 가끔 가족끼리 박물관에 가거나 여행도 갔지만, 대체로 아버지는 휴일의 시간을 그렇게 보내셨다.

보통 유치원 친구들은 아버지가 함께 놀아 주시고 시간을 보내 주는데, 나는 그러지 못했다. 그래서 내 어린 시절 기억 속 아버지는, 본인의 여가만 즐기러 다니는 분이셨고 내가 필요할 때는 항상 곁에 없었으며, 유독 나에게만 엄격하고 말로 상처를 주시던 분이셨다.

그래서 어릴 때는 뭔가 갖고 싶은 게 있어도 아버지에게 말하지 못했다. 장난감 사 달라는 말조차도 제대로 해 본 기억이 없다. 그 어린 내가 느끼기에도, 아버지는 안 사 줄 분이라는 걸 어렴풋이 알았던 것 같다. 그만큼 내 기억 속 아버지는 무섭고 엄격한 존재였다.

그렇게 자연스레 아버지와의 사이에 벽이 생겼고,
점점 아버지를 미워하기 시작했다.

나는 어린 시절, 유독 어머니를 좋아했다. "아빠가 좋아? 엄마가 좋아?"라는 질문은 내겐 너무 쉬웠다. "당연히 엄마가 좋아."였다. 그건 아마 아버지에게서 바라던 따뜻함을 어머니가 채워 주셨기 때문이었을 것이다.

하루는 가족끼리 차를 타고 어딘가로 가던 중, 부부싸움이 시작됐다. 아버지와 어머니의 감정은 격해졌고, 격해진 감정은 소리를 키웠고, 서로에게 상처가 되는 말들이 오갔다. 그러던 중, 아버지는 어머니에게 욕을 하셨고 그 순간 그들의 싸움은 끝이 났다. 그런 욕을 처음 들은 어머니는 충격을 받으셨다. 차 안에서 어머니는 결국 눈물을 보이셨고, 그 장면은 내게 너무도 큰 충격으로 남았다.

아마 그 사건이, 내가 아버지를 미워하게 된 가장 결정적인 계기였던 것 같다. 그렇게 아버지를 싫어하는 마음은 쌓여 갔고, 그 미움은 내가 자라는 만큼 함께 커져 갔다. 힘없고 작은 어린 시절의 나는 그저 혼나고, 울고, 붙잡으며 "싸우지 말라"고 애원하는 것밖에 할 수 없었다. 그래서 어릴 땐 그런 나 자신이 너무 싫었고, 상처도 많이 받았고, 서운함도 많았다. '난 도대체 언제 클까', '나도 빨리 어른이 되고 싶다'라는 생각을 자주 했었다.

그게 나에겐 트라우마로 남았던 것 같다. 학교에서 선생님께 혼날 때, 누군가에게 혼날 때, 유독 남자 어른에게 혼나면 더 쉽게 눈물이 나고 서러웠다. 그래서 사춘기가 다가올수록 그런 내 모습이 약해 보여 싫었고, 그걸 감추고 나를 지키기 위해 더 거칠게 굴었다. 남자 어른이 나를 혼내면, 더 강하게 반응했고, 맞서고, 반항하고, 대들었다.

내가 19살이 될 때까지, 아버지와의 관계는 좋지 않았다. 20살이 되어 집을 떠나 독립하고, 떨어져 지내다 보니, 또 친구들과 아버지 이야기를 하다 보니, 조금씩 아버지를 이해하게 됐다. 하지만 '온전한' 이해는 이제야 할 수 있게 되었다. 그리고 깨달았다.

이 모든 것의 시작은
내가 기억하는 단 하나의 장면,
병실에 누워 계시던 아버지로부터였다는 걸.

당시 5살이던 나도 어렸지만, 아버지 또한 어리셨다. 그때 아버지의 나이, 겨우 34살. 지금 26살이 된 내가 생각해 보면, 그 나이의 아버지는 얼마나 두려우셨을까? 아버지라는 사람의 본질은 그대로인데, 삶이 흐르며 주변 환경이 계속 바뀌고, 그 변화에 맞춰 급급히 적응해 가며 살아오셨을 것이다. 서른을 넘긴 나이에 사랑하는 사람과 결혼하고 자식을 둘이나 낳고, 부모님께 효도도 해야 하고……. 자신의 삶에서 아직 해 보지 못한 것들도 많았을 텐데.

그 모든 책임감과 사랑이
의식조차 없던 병실에서
'나는 살아야 한다' 는 간절함으로 기적을 만들어 냈을 것이다.

그래서 건강을 위해 등산을 다니셨고, 자신의 삶이 얼마나 소중한지 알기에 낚시도 다니며 삶을 즐기셨던 것이다. 그리고 혹시라도 다시 쓰러지게 되거나, 자신이 없는 상황이 와도 자식들이 이 험한 세상을 살아갈 수 있길 바라셨기에 더 모질고 험한 말들로 사랑과 걱정을 숨기신 것이다. 그만큼, 강하고 단단하게 자라길 바라셨던 것이고 무엇보다 진심으로, 나를 사랑하셨던 것이다.

난 이제야 알았다.

어린 시절부터 지금까지
그토록 미워하고, 싫어했던 아버지를
온전히 이해하는 데 26년이 걸렸다.

아버지를 원망하며 지냈던 시간들,
다시는 돌아오지 않을 그 소중한 19년이
너무도 아깝고, 후회되고, 죄송스럽다.

그리고 그걸 이제야 알게 된
내가 너무도 원망스럽고 싫다.

2023년 6월 4일,
이 글은 아버지께 바칩니다.

어머니께

—난 왜 솔직하지 못하고, 자꾸 감정을 숨길까

니는 어릴 때부터 유독 어머니를 좋아했다.

내가 6살 무렵부터 초등학교 시절까지, 어머니는 자주 몸이 아프셨다. 나중에 들은 이야기로는, 원래 체질상 몸이 약하셨는데, 나를 낳고 난 뒤 몸이 더 약해지셨고, 3년 뒤 내 동생까지 낳으신 후부터는 급격히 건강이 나빠지셨다고 한다. 그래서 내 어린 시절 기억 속의 어머니는 늘 아프셨었고, 건강하지 않은 분이셨다.

그렇기에 나는 유치원 때부터 빨리 철이 들어야만 했던 환경 속에 있었다. 매일은 아니었지만, 대부분의 날에 어머니는 집에서 누워 계셨고, 나는 늘 그런 모습을 봐야 했다. 고작 6살이던 나는, 그때부터 어머니를 잃게 되는 건 아닐까 하는 불안과 걱정을 안고 살아야 했던 것 같다.

원망도 많이 했다. 누구를 향한 원망이 아니라, 하늘

을 향해 그저 소리 없는 원망을 했다. 다른 친구들의 어머니는 건강한데, 왜 우리 어머니만 아파야 하냐고. 하느님께, 왜 우리 엄마만 이렇게 아프냐고 물으며 혼자 울었던 기억이 난다.

어머니는 늘 집에서 누워 계셨기에, 나는 어린 마음에 내가 도울 수 있는 일이라면 뭐든 하려 했다. 어머니 옆에 앉아 팔과 다리를 주무르며 안마를 해 드렸고, 어머니는 그때마다 시원하다고, 좀 나아지는 것 같다고 말씀하셨다. “힘들지 않니? 이제 그만하고 들어가서 자.”라고 하시기도 했지만, 나는 그 ‘시원하다’는 말 한마디에 힘을 얻어 짧게는 10분, 길게는 1시간도 조용히 안마를 했다.

물론 손가락이 아프고 힘들었지만, 그것을 들키고 싶지 않았다. 내가 힘든 티를 내면 그만하라고 하실까 봐. 그렇게 안마를 마치고 잠자리에 들면, 나는 내 방에 들어가 매일 기도를 했다. 그 시절 나에게 기도를 들을 존재는 하느님과 산타 할아버지뿐이었기에, 그들에게 매일 “우리 엄마 안 아프게 해 주세요, 건강하게 해 주세요.”라고 간절히 빌곤 했다.

내가 어릴 땐 집에 손님이 자주 오곤 했다. 요즘은 보기 힘든 풍경일 수도 있겠지만, 그 시절에는 그게 일상이었다. 친구의 어머니, 어머니의 지인, 같은 아파트 주민들. 서로의 집을 오가며 차 한잔, 커피 한잔 나누며 이런저런 얘기를 나누던 그런 문화가 있었다. 그렇게 손님이 오시는 날이면, 평소에 앓아누워 계시던 어머니가 집을 청소하고 손님을 맞을 준비를 하셨다. 손님과 대화를 나누고, 미소도 지으셨기에, 그 순간만큼은 어린 내 눈엔, 어머니는 아프지 않고 건강해 보였다. 그래서 나는 매일 손님이 왔으면 좋겠다고 생각했다. 손님이 매일 오면, 우리 엄마가 매일 아프지 않고, 매일 미소 지으실 수 있을 거라 믿었기 때문이다.

나는 지금 청소를 잘하고 정리정돈을 좋아하는, 깔끔한 성격을 가지고 있다. 생각해 보면, 어린 시절의 영향인 것 같다. 어머니가 아프셔서 집안일은 거의 하지 못하셨고, 집은 늘 지저분했다. 퇴근한 아버지는 집이 어지럽다며 어머니께 잔소리를 하셨고, 그 시절 집안일은 여자 몫이라는 분위기가 당연시되었기에, 나는 어머니가 아버지께 잔소리를 듣지 않도록 집을 청소하곤 했다. 그렇게 자라다 보니, 자연스럽게 지금의 내가 만들어진 것 같다.

나는 신을 믿지 않는다.

어머니는 천주교 신자셨고, 내가 초등학교 1학년 때, 어머니를 따라 성당에 가 세례를 받았다. 그 시절, 성당은 내게 한 줄기의 희망이었다. 내 기도를 들어줄 대상은 하느님과 산타 할아버지뿐이었는데, 세례를 받고 나서부터는 예수님, 마리아 님에게도 기도할 수 있게 되었으니, 내 기도를 들어줄 신이 늘어난다는 사실에 뭔가 이제는 내 기도를 들어줄 것만 같았다.

그래서 매일 밤 내 방에 걸려 있던 십자가를 바라보며 기도했다.

"성모 마리아님, 예수님, 제발 우리 엄마 안 아프게 해 주세요. 건강하게 해 주세요. 우리 가족이 오래오래 행복하게 살게 해 주세요. 어머니에게 갈 모든 병을 저에게 주세요. 저는 건강하니까 괜찮아요."

이런 기도를 정말 매일 드렸다.

시간이 지나면서 나는 내가 아는 신들의 이름을 하나

둘 더해 가며 기도했다. 나중에는 알라신, 도깨비 님에게까지 빌었다. 그땐 어렸으니까. 그저 어머니가 건강해지시길 바랐으니까. 하지만 기도는 점점 줄어들었다. 세례까지 받은 내가, 그렇게 간절히 빌었는데도 어머니의 병은 나아지지 않았다. 그때 나는 마음속으로 이렇게 생각했다.

'신은 없구나. 정말 있다면 이렇게 간절한 내 기도를 들어 주지 않을 리가 없잖아.'

나는 분명 어린 시절, 여러 면에서 결핍을 안고 있었다. 6살의 나는 늘 어머니를 잃을지도 모른다는 불안감과 걱정 속에서 살았고, 내 힘듦은 감추어야 했으며, 보호받기보다는 스스로를 보호해야 했고, 간절히 믿었던 신에게는 배신감을 느꼈다. 그래서인지 나는 지금도 누군가를 쉽게 믿지 못한다. 그 모든 이유가 오직 이것 때문은 아니겠지만, 분명 그 시절의 내가 지금의 나에게 영향을 주었다고 생각한다.

다행히 시간이 흐르며 어머니의 건강은 점차 호전되었고, 내 기억 속 어머니는 언제나 나에게 과분한 사랑을 주셨다.

어머니는 늘 나에게 최선을 다하셨다.

특히 배움에 대한 지원은 아끼지 않으셨다. 어머니가 어릴 적에는 여자가 대학을 가는 일이 드물었다. 그럼에도 불구하고 외할머니는 어려운 형편에도 어머니의 대학 진학을 지원해 주셨다고 한다. 그 영향인지 어머니 역시 내게 배움만큼은 아낌없이 지원해 주셨다. 내가 뭔가 배우고 싶다고 말하면, 짧은 기간이든 뭐든 꼭 한 번은 해 볼 수 있게 해 주셨다.

또 어머니는 내가 책을 가까이하길 바라셨다. 성적에 대한 압박은 없었지만, 세상을 살아가는 데는 지혜가 필요하다고 생각하셨고, 본인이 그 지혜를 다 줄 수 없으니 책을 통해 얻길 바랐던 것 같다. 그래서 우리 집에는 책이 정말 많았다. 여느 도서관 못지않게.

내가 어릴 때 무언가 갖고 싶은 게 생기면, 아버지에게 말하지 못하고 어머니께 말했다. 그럴 때면 어머니는 "이 출판사의 책을 다 읽으면 그걸 사 줄게." 같은 조건을 거셨다. 그만큼 내가 책을 읽길 바라셨던 거다. 하지만 사춘기에 접어들며 공부를 놓게 되었고, 그 이후로 책은 거의 손대지 않게 되었다.

그 무렵 어머니의 건강이 많이 좋아지셨고, 내가 사춘기로 방황하던 시절에도 어머니는 늘 내 편이셨다. 내가 잘못을 했을 때도, 거짓말을 했을 때도, 어머니는 언제나 내 말을 먼저 들어 주셨다. 그래서 나는 어머니가 정말 여리고 착한 사람이라고 느꼈고, 덕분에 난 어디서든 당당하고 자신감 넘치게 자란 거 같다.

나는 어머니에게 충분한 사랑을 받고 자라 왔다.

그리고 지금도 그 사랑을 충분히 받고 있다고 생각한다.

이젠 내가 받은 그 사랑을 되돌려드리고 싶다.

아멘

더 나은 사람이 되기 위해
매일 마주하는 거울과
싸움을 할 수 있는 건
나뿐입니다.

지금 나는 변화를 원해서
언젠가 내일은 잊어버려도
어제는 잃지 않길.

기억만은
영원하게 하소서.

유에서 무

태어난 순간
큰 소리로 울며
온몸으로 표현하며 나온 모두가

점점 표현에는 절제만 배우고
그걸 철이 든다 나이 든다는 세대 속에 살다가

결국 끝엔
태어난 순간 가진 모든 것들 중
그 어떤 것 하나
본래의 상태로 지켜 낸 것 없이
다 잃기만 하고 가는데

누가 제대로 나이를 먹겠어.
누가 철이 들겠어.

그러니 잃기 전의 모든 것들을
조금 더 사랑하자.

나로 살아 봐야 돼

도저히 나아지지 않는 날들에
같은 장면에 갇힌 것 같았다.
멈춘 것만 같았다.

다 봐야 하는구나.

나는 멈추지 않았다.
아파도 앞으로 걸어 나갔다.

끝내 나를 마주했고
알게 됐다.
멈춰 있지 않았구나.
그리고
이 모든 것 또한 축복이었다는 걸.

나로 살고 싶어졌다.
억지로 바꾸지 않고

나를 잃지 않는 것.

그냥 될 줄 알았나 본데
이제야 나는
나로 살아가겠다고 말한다.

이건 나의 이야기지만
당신의 이야기일지도 모릅니다.

그렇다면
'나'로 살아 봐야 돼.

에필로그

'괜찮지 않은 그 시간도, 제 속도로 가고 있습니다.'

우선 이 책을 선택해 주셔서 감사합니다. 저는 공부를 잘하지도 않고, 똑똑하지도 않으며, 여러분보다 특별하거나 잘난 사람도 아닌, 그저 아주 평범한 사람입니다. 그런 제가 책을 내게 된 이유는 단순하지만 오래된 마음에서 시작됐습니다.

스무 살 무렵, 꿈을 좇아 서울로 상경해 자취를 시작했습니다. 낯선 도시에서 혼자 살아가는 날들이 길어질수록 마음속 무언가를 입 밖으로 꺼내고 싶은 순간들이 많아졌습니다. 하지만 내 마음을 들어 줄 사람은 가까이에 없었고, 그래서 공책에, 휴대폰 메모장에 하나씩 하고 싶은 말을 적어 두는 습관이 생겼습니다. 그렇게 꽤 긴 시간이 지나, 그 기록들은 어느새 나를 이루는 일부가 되어 있었고, 어느 날 문득 이런 생각이 들었습니다.

'죽기 전에, 내가 남긴 이 메모들과 기록들을 책으로 만들어 보고 싶다.'

처음엔 단지 내 삶의 흔적 일부를 기록으로 남기고 싶다는 바람뿐이었습니다. 그게 전부였죠. 하지만 어떤 개인적인 계기로 '지금이 아니면 안 될 것 같다'는 강한 감정이 밀려왔고, 그때부터 이 작은 꿈을 꼭 실현해 보자 결심하게 되었습니다.

그러면서 이런 생각도 들었습니다. 혹시 이 세상 어딘가에, 나처럼 감정을 꾹꾹 눌러 담으며 살아가는 사람이 있다면, 혹시 나와 비슷한 시기를 지나고 있는 누군가가 있다면, 분명 시간이 지나 돌아보면 부끄러울 지금의 기록이지만, 내가 적어 둔 이 기록들이 그 누군가에게 잠시라도 위로가 될 수 있다면…….

그래서 이 책을 만들게 되었습니다.

책이라는 형태로 묶였지만, 사실 이건 그저 지난 몇 년간 제가 메모해 온 감정의 파편들입니다. 사랑, 후회, 회복, 그 속에서 진정한 나를 찾아가는 여정이 담긴 에세이입니다. 조금 이상하고, 어색할 수도 있어요. 다른 훌륭한 작가님들처럼 근사한 글은 아니지만, 잠시 저의 세계로 초대할게요. 부담 없이, 가볍게 들여다봐 주세요.

그저, '잘난 것 하나 없는 나도 이렇게 살아 냈으니 당신도 분명 괜찮을 수 있다.' 이 말을 건네고 싶은 마음 하나로 이 책을 완성했습니다. 이 책은 특별한 해답을 주지 않을지도 모릅니다. 하지만 흔들림 속에서 멈추지 않고 계속 앞으로 걸어가려는 이 마음이, 당신의 마음 어딘가에 맞닿을 수 있기를 바랍니다.